野土花ものがたり

うさぎとかめの
ふたりごと

澤田直見

集英社

装丁・本文デザイン／小堀賢一

ゆっくり寄り道
遠まわり
わたしの好きな
歩き方

な

星が見たいから星を見に行く
海が見たいから海を見に行く
望みをかなえたいのなら

心の行き先を知ること
目的地が見つかれば、
遠くても 道はあるはず。

なんにも
できない
わたしだけれど
それでも
こうして
ここにいます。
全てのものに許されて

この目は
もっと遠くまで
見えるはず
この手は
もっと遠くまで
届くはず

な

寄り道してもいいでしょ。
遠まわりしてもいいでしょ。

私達も川をのぼる魚と
同じように生きているけれど

人生の川はなかなか長いもの
時々は、泣いてもいいでしょ。

速さを競うことも
便利さを優先させることも
時には必要かもしれません。

でも

ゆっくりと不器用に
歩んだからこそ見つけられる
ささやかですてきなものを
わたしは見つめてゆきたいのです。

な

芽が出ないんですって?
種はまきましたか?
水やりはなまけてませんか?

芽が出ることを
心から望んでいますか？
それなら大丈夫、
もうすぐですよ。

な

あいにくですが
幸運の種は
数に限りがございます。

けれども
幸福の花なら
あなた次第で
いくらでも
咲かせることができますよ。

みかんの種はみかんになります。
ぶどうの種はぶどうになります。
人の心は不思議です。
辛さという種から

やさしさという芽が出たりします。
悲しみという種から
希望という花が咲いたりします。

な

涙は種です。
ポロリと落ちて芽を出します。
喜びの涙から
喜びの花が咲くことは有名ですが、

悲しみの涙から
優しさの花が咲くことは
どういうわけか
あまり知られてないようです。

心に土を持ちたい。
そそがれる愛がしみこむよう
内に秘めた芽が芽ぶくよう
誰かが転んだ時は
そのひざを包みこめるよう
心に土を持ちたい。
遠く強いわたしの願い。

土を耕すように
暮らしを耕そう。
心を耕そう。
やわらかくなあれ
あたたかくなあれ
実りの喜びかみしめる、
そんな いつかがきっとくるから。

な

つぼみ、花、実‥
形はちがっても
全てが実りです。

そうして散ってゆくことすら
次の実りのための
大切な準備なのです。

色々なかぼちゃがあります。
色も形も大きさも違いますが、
どれも間違いなくかぼちゃです。
色々な人がいます。
見かけも中身もまるで違いますが、
間違えて生まれてきた人は一人もいません。

な

育てるって　ほんとに大変です。
きゅうりや　なすびも　そうですが、
自分を　ふり返れば　わかります。
思いどおりには　なりません。
それでも　それでも　育ててくれて
ほんとに　ほんとに　ありがとう。

な

どうにもならないことの
多い世の中ですので
せめて
どうにかできることは
やってみようと思うのです。

な

がんばった分だけ
成功という星が
もらえる訳ではないけれど
がんばった分だけ
可能性という袋は
大きく　ふくらむはず。

な

「やればできる」
というよりも

「できることをやる」
というくらいの
心がまえの方が
どちらかというと
わたしは好きです

失敗も成功も 結果ではありません。
嘆いても 浮かれても いいけれど
道はつづいています。
まだまだ ずっと 道はつづいています。

な

気がすむまで
泣いたら
にっこり笑ってごらん。
幸せが笑顔を
生むように
笑顔から生まれる
幸せも
きっとあるから

な

幸せなんて
感じたもん勝ち
感じるということ
感じるということ、それこそが
生きているということ
そのものだ。

ここではないどこかを
追い求めるのもすてき
どこでもない　ここを
暖めるのも
これまた　とってもすてき

知ってるよ
あなたが見守ってて
くれていること

だから今日も
がんばれるんだよ
いつも
いつもありがとね

な

花びらが散る
葉っぱが落ちる
ひらり
ふわり

どきり
すっきり
そして新しい
何かが始まる

な

もっと強くなろう
野の花のように
もっと優しくなろう
野の風のように

ぼちぼちと
一生かけて
少しずつ

たくさんの奇跡の
積み重ねの中
出会えたものを
出会えた人を

いつまでも大切にできますように
わたしの心よ、強くあれ

野《の》土《ど》花《か》ものがたり

うさぎとかめのふたりごと／どこかもここも

2005年3月30日　第1刷発行
2010年2月17日　第2刷発行

著　者　澤《さわ》田《だ》 直《なお》見《み》

発行者　舘 孝太郎
発行所　株式会社 集英社
〒101-8050 東京都千代田区一ツ橋 2-5-10
電　話　編集部（03）3230-6141
　　　　販売部（03）3230-6393
　　　　読者係（03）3230-6080

印刷所　日本写真印刷株式会社
製本所　加藤製本株式会社

ISBN4-08-781330-4 C0095

鳥取県の山奥に小さな小さな集落があります。
その小さな村の中には、ほんの少し目を凝らすと
宝物のようにすてきなものが あふれています。
いつまでも 眺めていたくて、心に とどめておきたくて、
1冊の本をつくりました。すてきなものは いつも
身近なところに いてくれます。これからもずっと、
わたしの心が それらのものを 感じることが
できますように・・・

ここはとても 野土花なところ
わたしがわたしでいられるところ

やわらかく花ひらき

そしてまたゆっくりと
物語は
つづいてゆきます…

雪の降る中 小枝の先の梅のつぼみ

「どの季節が一番いいですか？」
ここを訪れてくれた人によく聞かれます。
それぞれの季節のすてきなところが
思い浮かんで上手く答えられません。
それでつい、「いつもいいですよ。」なんて
そっけない返事をしちゃうのです。
ごめんなさい。

そんな景色が

ここにありました。

しばらくは、このまま見とれていよう。

絵本の中で
見たような…
夢の中で
見たような…

思い出せそうで、思い出せなかった…

道路の雪が
消えたあと、
なんと、
雪の結晶もように
なっていました。

つきさしたのではありませんよ‥

ちっちゃなしずくもつららになります。

雪があるからこそ見られる
すてきなものが
こんなにたくさんあるのです。
大変だなんて、
言ってる場合ではありません。
わくわくすることは、
休む間もなくやってきます。

雪がたくさん積もるところでは、
「冬は雪が多くて大変そう…」
そんな印象が強く
なりがちですが…

さあ、みんなが集まったよ、
火をともしてみましょうか。

そして こちらは

すてきな

スタンド付きの

キャンドルです。

野に育つ草花には

わたし達の身のまわりにある物に

そっくりな形のものがたくさんあります。

草花の正式な名前はあんまり

知りませんが、思いつくまま自分勝手な

名前をつけてみるのもそれはそれで、楽しいものです。

見て見て…

自然天然クリスマスツリー

ほらほら…

飾りつけもできてます。

じつは こっそり
応援してます。

畑で のびのび 育つ子たちも

コンクリートの すき間から
ひょっこり 顔を出す
こんな子たちを
少し離れた土の中から
ちょっぴり あこがれの
視線を投げつつ.

ほんのちょっぴり照れくさそうに。

それでも何だか堂々として。

あらあら…

ついうっかり…

こんなところに根をはっちゃいました。

ああ、

何だかうれしいなぁ…

こんなにもすてきな

あなたに出会えて…

この日、この時、この場所に

いられたことに感謝です。

野に生きる命からは
いつもたくさんの大切なことを
教わります。
芽を出して、花を咲かせて、
種や実となり、
やがては土に癒されて
新しい命へと生まれ変わるよ。
変化してゆくことを
恐がらないで…
受けとめる心さえ持てれば
全ての変化はあなたを
光のもとへ導いてゆくから…

霜が降りて
きれいにふちどりされた
葉っぱたち…

いつも
やわらかく
受けとめて
いるよ

両手を広げて
迎えているよ

必要なものは
もう すでに
あなたのもとへ
届いているよ

いつも いつも 見守っているからね。

移り変わってゆく季節の中で、
こんな景色を見つめていると…

1本の木から

1枚の葉っぱから

声が聞こえてくるような気がします。

いつか、缶に入れられた
おいしい空気を買い求める日が
どうか やってきませんように…

青い空はお金で買えません。

今やいつでもどこでも
ペットボトルに入ったおいしい水を
買うことができますが…

わたしにできること…

日常の中で どれほどたくさんの
自然の恵みに包まれているか…
自然の力に守られているか…
そのことに気付くこと。そして、忘れないこと。

ただ それだけ

自然を
守ろう…
とか

自然に
やさしく…
とか

そんな
だいそれたことが
できるとは
思っていません。

川の流れは時に激しく…

普段おだやかなこの小川も
大雨が続いた時など
水の流れは勢いを増し
全てを飲み込んでしまいそうに
なることさえあるのです。
それでもそこに、あえてそこに
根をおろしたこの子は、
逆らわず、流されず、
時を待ち、ゆっくりと
ほんとにゆっくりと立ち上がり
なんにもなかったかのように
花など咲かせてみたりします。

こんな風には
咲けません。

それ以上でも
それ以下でもない
わたしという花

咲きたいように
咲きましょう。

緑の中に

溶け込む花たち

他よりも目立とうとか

誰かにほめられようとか

思っていたら…

ほら、
ぼくなんて
ほんとに
ゆっくりでしょ。
でも　だいじょうぶ、
目的地にむかって
ちゃあんと進んで
いるんだよ。

「やってみたいな」っていう気持ちは

「できるよ」っていう

お知らせみたいな

ものではないかと思うのです。

「やりたいこと」は

いつか　きっと「できること」

ゆっくりと…そしてじっくりと…

無心に… そして夢中で…

それぞれの場所、それぞれのやり方で

「今」という時を過ごす…

それぞれが主役。
それぞれにすてき。
好きな色がお似合い。
だからそのまま、自分のまんま。

後ろ姿が
すてき？

前からのが
すてき？

緑がお似合い？

赤がお似合い？

お花が主役？

ぜんまいが主役？

空中に浮かぶ…波紋のようです。

数時間で
作り上げ、
そしてまた
お引越し

何にも持たず
あなたはどこへ
行ったのでしょう

写真を撮らせてもらっても　いいですか？

お仕事中、恐れ入りますが、

あんまりにもあなたの姿が美しいので

誰かが採り忘れたのかしら…

にら

どくだみ（これは「食べる」ものではないけどねぇ）

食べそこなって、おかげで
花が 見れました。

あけび

愛らしい
花たち
でしょう。

咲いて

そば

散って

うめ

これから
たくさんの実を
実らせるのです。

上を向いたり、

はにかんだり、

踊り出したり、

表現は
それぞれですが、

みんな
うれしそうです。

雪を

解かして

出てくるという

ふきのとうの

色は

ふきのとう色

他の誰にも

真似

できません。

おはよう、

おはよう、

ああ、もう…

まぶしいったらありゃしない。

そろそろ 起きようか…
春が やって来たみたいだよ。

ぐんぐん
ぐんぐん…
春は 地面から
音が聞こえて
くるかのよう

眠っていた

小さな命

冬の間…

雪に

おおわれ

土に

くるまり

そんな朝でさえ、こんなにも美しい、
まるで切り絵のような景色を見せて
くださいます。気付く心さえ持てれば
贈りもののない日など1日もないような
そんな気がしてくるのです。

見上げれば

どんよりとした曇り空…

野土花ものがたり

－どこかもここも－

小さな この村の中で見つけた

ささやかで すてきなものたち。

ここは何にもないところ

ここは何でもあるところ

たくさんの ありがとうの気持ちを込めて…

奥付はページ中央にあります。

野土花ものがたり

どこかも ここも

澤田直見

集英社